PEN-BLWYDD
Y BWSI BERYGLUS

Hefyd yng nghyfres

PWSI BERYGLUS

Dyddiadur Pwsi Beryglus

Gwyliau'r Bwsi Beryglus

Dial y Bwsi Beryglus

ANNE FINE

Parti Pen-blwydd y Bwsi Beryglus

Darluniau
Steve Cox

Addasiad
Gareth F. Williams

Parti Pen-blwydd
y Bwsi Beryglus
ISBN 978-1-84967- 236-8

Cyhoeddwyd gan Rily Publications Ltd
Blwch Post 257
Caerffili CF83 9FL

Addasiad gan Gareth F. Williams

Cyhoeddwyd gyntaf ym Mhrydain yn 2008 gan Puffin Books,
argraffnod Penguin Books Ltd, 80 Strand, Llundain WC2R 0RL.
Cyhoeddwyd yn wreiddiol yn Saesneg dan y teitl *The Killer Cat's Birthday Bash.*

Cysodwyd mewn 17/21 pt Bembo
gan Wasg Dinefwr, Llandybïe, Sir Gaerfyrddin
Argraffwyd a r hwymwyd ym Mhrydain
gan CPI Group (UK) Ltd, Croydon, CR0 4YY

Cyhoeddwyd gyda chymorth ariannol
Cyngor Llyfrau Cymru.

www.rily.co.uk

Cynnwys

1: *Nid fy mai i*

OCÊ, OCÊ! Rhowch slap i mi ar draws fy nhintws bach blewog. Mi wnes i gynnal parti.

Dowch ymlaen. Rhowch domen o dabledi sorri i mi. Mi drodd yr holl beth yn dipyn o lanast.

Wel, yn fwy na mond llanast. Trychineb.

Wel, yn fwy na mond trychineb. Reiat go iawn.

Ond *nid arna i* oedd y bai. Tasa Elin ddim wedi syrffedu cymaint nes iddi fynd i chwilota drwy'r cwpwrdd a dod o hyd i'r hen albwm lluniau hwnnw, yna faswn i'n gwybod dim am ddyddiad fy mhen-blwydd. Basa dim byd o gwbwl wedi digwydd.

Felly rhowch y bai ar Elin. Nid arna i.

2: 'Siarad amdana i, wyt ti?'

ROEDD YN ddiwrnod ofnadwy. Ofnadwy. Roedd y glaw yn poeri yn erbyn y ffenestri. Roedd y gwynt yn udo. Gorweddai Elin ar ei bol ar y carped yn byseddu drwy dudalennau'r albwm.

'Www, Dad! Dyma un ohonoch chi, pan syrthioch chi i mewn i'r hen ffos fwdlyd honno.'

(Y lle gorau iddo fo, os ydach chi'n gofyn i mi.)

'Www, Mam! Dowch i weld y llun yma. Mae'ch gwallt chi'n *hyfryd*.'

(Ar y Blaned Dim Steil, efallai. Nid yma, yn saff i chi.)

Aeth Elin ymlaen ac ymlaen, gan wichian yn union fel y llygoden fach ifanc honno y bu Teigr a minnau'n ei hambygio y tu ôl i'r biniau. Yn y diwedd fedrwn i stumogi ddim rhagor, a chychwyn am y drws.

Ond rhoddodd Elin wich uchel arall. 'O dyma i ni un o Twffyn! Tydi o'n edrych yn ddigon o *ryfeddod*?'

Troais a rhythu arni, cystal â dweud, 'Siarad amdana i, wyt ti?' Wnaeth hi ddim sylwi, hyd yn oed. Roedd hi'n rhy brysur yn www-io ac yn aaa-io ac yn cŵan fel colomen. 'O edrychwch ar hwn, Mam. Mae Twffyn yn edrych mor *ciwt*!'

Dwi ddim am wingo â chywilydd na gwneud unrhyw esgusion. Pelen fach o fflwff meddal o'n i bryd hynny. Mae cathod bach *yn* ciwt.

Daeth Elin ar draws llun arall.

'O, edrychwch! Mae Twffyn yn *gorjys*!'

Doedd gen i mo'r help; ro'n i'n chwilfrydig. Felly 'nôl â fi am sbec. Ac yn wir i chi, dyna lun ohona i, yn llygadau mawr i gyd, a'm ffwr o'm cwmpas fel cwmwl meddal. Ro'n i'r un ffunud â phwsi fach ar un o'r cardiau pen-blwydd sopi rheini mae eich hen fodryb yn ei anfon at eich mam.

Bu bron i mi â thaflu i fyny. Roedd Elin yn pwyntio at y sgrifen o dan y llun ac yn ei ddarllen yn uchel.

'*Ein cath fach fendigedig ni. Ganwyd 31 Hydref.*'

Edrychodd ar ei mam. 'Mae hi'n fis Hydref rŵan,' meddai. 'Mae hynny'n golygu ei bod hi bron yn ben-blwydd ar Twffyn.'

'Neis iawn,' meddai mam Elin.

Ro'n i'n cytuno. Ond roedd yn rhaid i dad Elin daro nodyn sur a difetha'r sgwrs gynnes, deuluol hon.

'31 Hydref?' meddai. 'Calan Gaeaf ydi hynny, yntê? Y noson pan fydd pob dim hyll, afiach, drwg a pheryglus yn stelcian drwy'r fro.' Chwarddodd. 'Diwrnod addas iawn ar gyfer pen-blwydd Twffyn!'

Y cenau powld. Ond wnes i drafferthu gwgu arno fo? Naddo, wir. Ro'n i'n rhy brysur yn meddwl.

Hydref 31. Fy mhen-blwydd, ia?

Beth am gael parti, felly?

Wel, pam lai?

3: Dim cŵn

'REIT,' MEDDAI BELA. 'Yn gynta, mae'n rhaid penderfynu lle rydan ni am gynnal dy barti pen-blwydd di.'

'Acw, debyg iawn,' atebais. 'Fy mhen-blwydd i ydi o, a fy mharti i, felly yn fy nhŷ i bydd o.'

Ochneidiodd Bela. 'Wyt ti wedi anghofio ar ba ddiwrnod mae o?'

'Naddo,' meddwn i, a fedrwn i ddim peidio â throi'n goeglyd. 'Os nad ydw wedi digwydd dod allan heno heb *fy ymennydd*, ar 31 Hydref mae o.'

'Yn hollol,' cytunodd Bela. 'Sef yr union noson mae dy deulu di'n bwriadu cynnal hymdingar o barti Calan Gaeaf ar gyfer pawb yn y stryd.'

'Wir?' Ro'n i wedi fy synnu. 'Mae hyn yn newyddion i mi.' Troais at Teigr. 'Oeddet ti'n gwybod am hyn?'

'Wrth gwrs 'mod i'n gwybod,' meddai Teigr. 'Fore heddiw, dyna lle ro'n i'n gorwedd yn ddistaw ar y mat ger y drws ffrynt pan ddaeth y gwahoddiad drwy'r blwch llythyron a glanio ar fy mhen.' Gwthiodd ei bawen dros ei ffwr. 'Dwi'n gallu teimlo'r lwmp o hyd.'

'Ro'n innau'n gwybod hefyd,' meddai Eira. 'Mae fy nheulu i eisoes wedi nôl eu bocs dillad ffansi o'r atig.' Gwgodd. 'Ac roedd Tania'n meddwl mai jôc fawr fasa gwneud i mi wisgo boned.'

'Be wnest ti?' holodd Teigr.

'Ei chrafu hi, debyg iawn,' atebodd Eira. 'Yn galed iawn hefyd. Wnaiff hi mo hynna eto.'

Chwarddodd pawb – pawb ond y fi. Do'n i ddim mewn hwyliau da iawn.

'Alla i ddim coelio'r peth!' cwynais. 'Dwi'n byw yn y tŷ 'na ers blynyddoedd. Maen nhw'n fy mwydo i, yn trio fy nghwtsio i a gwneud i mi feddwl fy mod i'n un o'r teulu. Ac yna maen nhw'n anfon gwahoddiadau i barti drwy'r dre heb hyd yn oed grybwyll y peth wrtha i!'

Roedd Bela'n gallu dweud fy mod i wedi cael fy mrifo. 'Falle nad oeddet ti o gwmpas pan oedden nhw'n trafod y peth,' awgrymodd yn dyner.

Meddyliais am yr wythnos oedd newydd fod. Ro'n i wedi treulio bob un diwrnod allan yn dychryn gwiwerod. A phob noson allan efo'r criw. Yn wir, erbyn meddwl, dim ond wedi mynd i

mewn i'r tŷ i weld sut fwyd oedd yn fy mhowlen ro'n i, cyn penderfynu a oedd angen i mi fynd i'r siop bysgod a chwilota drwy gynnwys eu bin sbwriel.

Ond chwarae teg rŵan. Os oedd fy nheulu i fy hun wedi penderfynu cynnal parti, yna parti pen-blwydd i mi ddylai fo fod, nid rhyw hen lol Calan Gaeaf gwirion.

Na. Ro'n i'n ddigon blin i wneud safiad.

'Reit, 'ta,' dywedais. 'Mi gawn ni fy mharti *i* yn rhywle arall. Be am y biniau ailgylchu?'

'Braidd yn beryglus,' rhybuddiodd Bela. 'Efo'r holl geir rheini'n bagio 'nôl yn y tywyllwch er mwyn cael gwared ar eu papurau a'u poteli.'

'O dan cwt y band pres?'

'Callia!' meddai Teigr. 'Mae'n andros o job gwasgu i mewn drwy'r twll hwnnw, ac mae'n goblyn o oer yno.'

Doedd ond un peth amdani.

'O'r gorau,' meddwn i. 'Mi wnawn ni gynnal fy mharti pen-blwydd yn sgubor fferm y Ffowciaid.'

'Ond mae hynny'n golygu gwahodd y ceffylau hefyd.'

Daeth griddfan gan bawb. Ceffylau. Meddyliwch amdanyn nhw. Carnau anferth, trymion. Ffroenau enfawr duon y gallech ddringo i mewn iddyn nhw a mynd ar goll yn lân. Coesau esgyrnog fel hen ddodrefn eich nain.

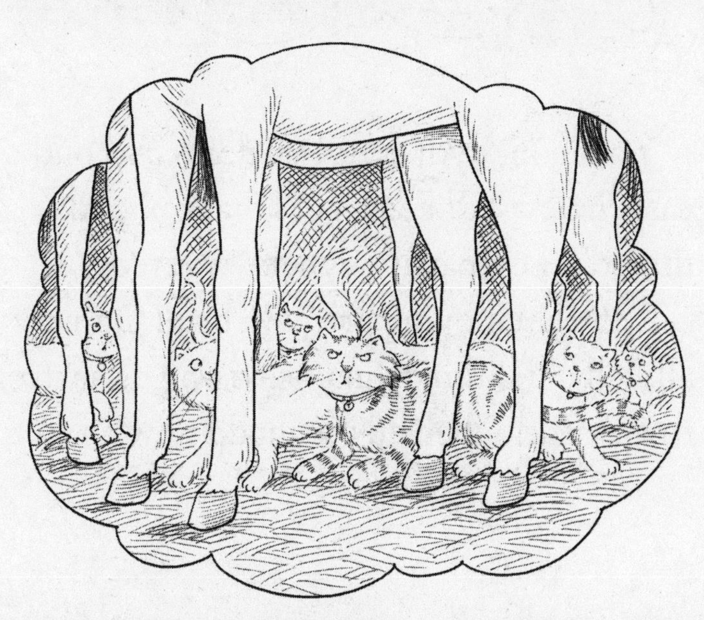

Yn y bôn, dydi ceffyl yn ddim byd ond casgen dew ar bedair coes matsen, gyda thraed fel cwpanau wyneb i waered.

Ceffylau mewn parti? Go brin! Ond allwch chi ddim cynnal parti yng nghartref rhywun arall heb eu gwahodd nhw.

'O'r gorau, felly. Ceffylau amdani.'

'Beth am gŵn?' holodd Bela.

Trodd pawb a rhythu arni.

'Cŵn?' meddai Teigr, gan grynu drwyddo. (Doedd dim llawer ers iddo fo ddod i lawr o'r goeden ar ôl i Bystyr ei gaethiwo ynddi am ddeuddydd.)

'Na. Dim o gwbwl.'

Ond mae Eira'n fwy calon-feddal na fo. 'Beth am y ci bach diniwed hwnnw o

Heol y Dderwen sy'n edrych fel brwsh toiled ar goesau, ac sy'n ormod o fabi i neidio i lawr oddi ar y gwely?'

'Na,' mynnodd Teigr. 'Nid hwnnw chwaith. Os bydd unrhyw gi yn cael gwahoddiad, yna fydda i ddim yno.'

Dyna ddiwedd ar hynny, felly. Dim cŵn.

4: Ysbrydion yn y cwpwrdd

AR Y FFORDD adre, meddyliais am gynllun bychan er mwyn talu'r pwyth yn ôl i'r teulu.

Os oedd yn well ganddyn nhw ysbrydion a bwganod na'u pwsi bach hyfryd, roedd angen i mi ddysgu gwers iddyn nhw.

Sleifiais i mewn drwy'r drws cefn, yna i fyny'r grisiau ac i mewn i stafell wely Elin. Roedd Miss Perffaith yn eistedd i fyny yn ei gwely, yn darllen llyfr.

Neidiais ati a swatio'n dynn wrth ei hymyl.

'Www, Twffyn!' ochneidiodd. 'Rwyt ti mor hyfryd a neis a chwtshlyd.'

Do, cadwais fy nhymer. Ro'n i o fewn dim i chwydu ond mi lwyddais i besychu a smalio canu grwndi.

‘O, Twffyn,’ meddai hi eto. ‘Dwi wrth fy modd pan wyt ti’n canu grwndi’n fodlon a chlyd fel’na cyn cysgu yn fy mreichiau.’

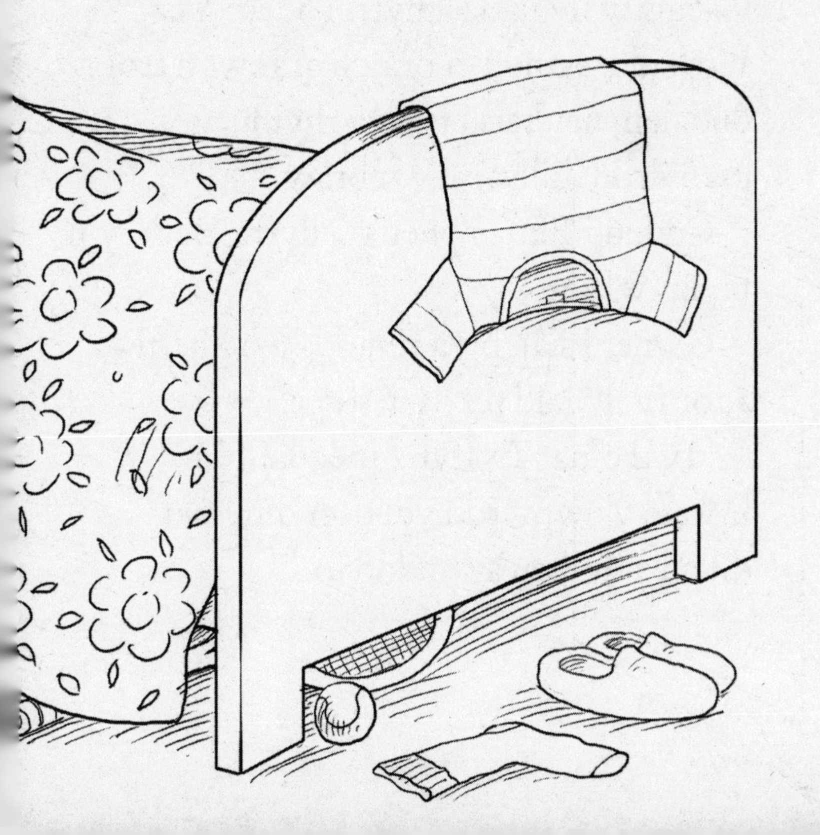

Caeais fy llygaid a chyfri i ddeg. Yna, wrth iddi symud ei braich er mwyn troi'r dudalen, neidiais i fyny a rhythu ar y cwpwrdd dillad mewn braw.

Cododd Elin ei phen o'i llyfr. 'Beth sy'n bod, Twffyn?'

Gwnes i siâp bwa reit dda â 'nghefn ac agor fy llygaid fel dwy soser.

'Ty'd o'na, Twffyn,' meddai Elin. 'Mond y cwpwrdd ydi o. A dim ond dillad a sgidiau sy ynddo fo.'

Edrychais arni, cystal â dweud, 'Paid ti â chredu hynny', cyn gwneud fy ffwr yn bigau i gyd.

Roedd Elin yn dechrau mynd yn nerfus. 'Twffyn?'

Llithrodd o'r gwely a mynd at y cwpwrdd.

'*Mmmmmiiiiiiaaaaawwwwwww!*'

Paid â mynd ar ei gyfyl o! – dyna beth roedd hynny'n ei feddwl. Doedd dim rhaid bod yn gath i ddeall hynny. *Beth bynnag wnei di, paid ag agor drws y cwpwrdd dillad!*

Wedi'i dychryn am ei bywyd, heglodd Elin hi i lawr y grisiau.

Cymerais hoe fechan. Yna, pan ddaeth hi'n ei hôl wedyn ymhen ryw bum munud, gan gydio'n dynn yn nwylo'i rhieni, yn ôl â fi i fod yn 'Gath wedi'i Dychryn gan Ysbrydion yn y Cwpwrdd Dillad'.

Roedd yr olwg biwis ar wyneb ei thad yn dweud yn glir fod Elin wedi'u llusgo nhw o'u hoff raglen ar y teledu. Edrychodd yn ddi-hid o gwmpas y stafell cyn gwgu arna i.

Arhosais â 'nghefn fel bwa a'm ffwr yn bigau i gyd, gan rythu ar y cwpwrdd.

Agorodd mam Elin ddrws y cwpwrdd. Gwthiodd y dillad i un ochr a chraffu i mewn. 'Does 'na ddim byd rhyfedd yma.'

‘Edrychwch yn yr ochr arall,’ crefodd Elin. (Roedd hi wedi’i dychryn go iawn.)

Edrychodd mam Elin yn yr ochr arall. ‘Dim byd.’

‘Edrychwch yn y ddwy ochr yr un pryd,’ mynnodd Elin. Felly ufuddhaodd Mr Blin-a-Phiwis drwy wthio’i ben i mewn i un ochr o’r cwpwrdd a gwthiodd Mrs Gryn-Dipyn-yn-Gleniach ei phen i mewn i’r ochr arall, gan ysgwyd y dillad yn ffyrnig.

'Elin, does 'na ddim byd anghyffredin yma.'

Ymsythais rywfaint gan berfformio dawns 'Cath Mewn Ofn' a phoeri i gyfeiriad y cwpwrdd dillad.

Dechreuodd Elin feichio crio a gweiddi'n gandryll, 'Wel, mae *Twffyn* yn meddwl bod yna rywbeth yno! Ac mae *pawb* yn gwybod bod anifeiliaid yn medru gweld ysbrydion!'

'Am eu bod nhw'n bethau dwl,' meddai tad Elin, gan barhau i wgu arna i.

O, dyna i ni neis! Felly dyma fi'n poeri eto, gan ofalu gwneud llanast llysnafeddog ar ei drowsus.

Gallai mam Elin weld bod perygl i ni fod ar ein traed drwy'r nos yn dadlau am hyn. 'Well i ti ddod i gysgu efo fi,' meddai hi wrth Elin. 'Ac mi gaiff Dad fynd i'r gwely sbâr.'

Ha, ha. Mi fydda i'n teulio gryn dipyn o amser ar y gwely sbâr. Ond dwi'n gallu cyrlio'n belen fach.

Faswn i ddim yn hoffi trio cysgu yn y Gwely Lympiog hwnnw taswn i'n llinyn trôns hir fel y fo. Mae'r matras yn dwmpathau caled drosto i gyd.

Roedd yntau'n gwybod hynny, hefyd. Wrth iddo fynd o'r stafell, edrychodd yn gas arna i. Codais fy nhrwyn i'r awyr fel rêl snob, er mwyn dangos iddo fo mai dyna'i gosb am wrthod cynnal parti i'w bwsi annwyl.

Ysbrydion mewn cwpwrdd a lympiau mewn gwely. Dyna be gewch chi os croeswch chi gath fel fi.

5: Pan fydd pŵdls yn gallu hedfan

DECHREUODD Y CYFRI MAWR. Cyfri'r dyddiau nes fy mhen-blwydd i, os ydach chi'n fêt i mi. Fel arall, cyfri'r dyddiau i Galan Gaeaf rydach chi.

Ac mi wnes i bwdu go iawn.

Ocê, ocê! Mi wnes i fwy na phwdu, reit? Mi lusgais i bethau marw i mewn i'r tŷ wrth i'r teulu fwyta'u cinio, a diosg blew dros eu clustogau, a chrafu tyllau mawr yn eu carpedi drud nhw.

Rhwng bob dim, cefais wythnos ardderchog.

Cyrhaeddodd y diwrnod mawr o'r diwedd. Yn gynnar y pnawn hwnnw, aeth Elin a'i rhieni i brynu stwff ar gyfer eu parti. Ro'n i wedi gweld y rhestr. *Bwyd. Addurniadau sbŵci. Masgiau Calan Gaeaf . . .* Ro'n i wedi craffu arni o'r top i'r gwaelod droeon, ond wedi methu gweld y geiriau hollbwysig, '*Anrheg i Twffyn*'. Nid am eu bod nhw'n dlawd, chwaith, oherwydd pan ddaethon nhw adre gyda'u breichiau'n llawn o nwyddau drudion, gwelais eu bod nhw wedi gwario ar rywbeth nad oedd ar y rhestr, hyd yn oed.

Un llifolau i'w roi yn yr ardd.

Dydi tad Elin ddim yn giamstar ar DIY. Felly pan welais i o'n mynd i'r cwpwrdd i chwilio am yr offer roedd o'u hangen ar gyfer rhoi'r golau at ei gilydd, penderfynais mai doeth fyddai diflannu.

Ond doedd hi ddim yn amser da i fod allan o'r tŷ, a hithau bron â nosi. Cŵn ym mhobman, i gyd yn cael eu llusgo am dro

cyn i'w teuluoedd fwyta'u swper. Dyna'r peth gwaethaf am gŵn. Beth bynnag wnân nhw, maen nhw'n creu trafferth i eraill. Meddyliwch am y peth. Pan fyddan nhw'n syrffedu ar aros gartre a gwneud yr holl bethau dwl maen nhw'n arfer eu gwneud – ‘Ty’d!’ ‘Eistedd!’ ‘Cer i’w nôl!’ ‘Aros!’– maen nhw’n niwsansys glân yn swnian am gael mynd allan i wneud eu busnes neu fynd am dro.

Fi? Hwylio’n ddi-ffws trwy’r drws fydda i.

Mae pobol sydd â chŵn yn gorfod chwilio am y tennyn, yna ei ddatod o. Maen rhaid iddyn nhw fynd â bagiau plastig efo nhw rhag ofn i'r cŵn wneud llanast. (Ych! Ych! Ych!) Mae eu perchnogion yn gorfod stwffio'u pocedi â

thrîts er mwyn denu'r cŵn i'r parc ac yn ôl.

Mae cŵn yn casáu ein gweld ni'n chwerthin am eu pennau. Ond, wir! Tydi o'n druenus bod mor fawr â hynna a ddim yn cael eich trystio i groesi'r ffordd ar eich pen eich hunan, na dod o hyd i'ch ffordd adre?

Er hynny, ro'n i'n wirion bost i ddechrau cega pan welais i Mrs Parri'n llusgo Bystyr oddi wrth y polyn lamp mwyaf ffiaidd yn y dre.

'O, ydi Babi Swci'n dal i wisgo tennyn?' tynnais arno. Doedd gen i mo'r help.

Wps! Do'n i ddim wedi sylwi bod Tili, modryb Bystyr, yn dod o'r cyfeiriad arall.

'Cym di bwyll, y tewbol,' chwyrnodd hi arna i. 'Os wyt ti am bigo ar Bystyr, mi fydda i'n pigo arnat ti.'

Edrychais i'r dde. Yna i'r chwith. 'Na,' dywedais. 'Alla i ddim dweud fy mod i'n crynu gan ofn. Ond falle fod hynny oherwydd fy mod i'n ddewrach na rhywun sy'n cael ei lusgo o le i le ar ddarn o gortyn.'

'Rwyt ti'n meddwl dy fod di mor glyfar!' chwyrnodd. 'Os ydi cathod mor wych, pam nad oes yna gathod tywys ar gyfer pobol ddall? A does dim cathod yn gweithio i'r heddlu chwaith!'

'Yn hollol!' cytunodd Bystyr. 'Yr unig beth fedrwch chi ei wneud ydi hambygio adar bach diniwed.'

'Mae hynny'n well na chyfarth arnyn nhw drwy'r dydd fel rhyw bethau hanner call.'

Neidiodd Bystyr amdana i, gan ddychryn Mrs Parri a gwneud iddi ollwng y tennyn.

Heglais hi o'na fel roced.

'Aros di,' bygythiodd Tili wrth i mi wibio heibio iddi. 'Dydi giât tŷ ni ddim yn cau'n iawn bob tro. Mi wna i dy ddal di ryw ddiwrnod.'

'Pan fydd pŵdls yn gallu hedfan!' bloeddiais yn ôl o'r ochr arall, ddiogel, o'r wal. Ond ro'n i'n falch bod Teigr wedi sefyll yn gadarn ar ei bedair pawen pan wrthododd gael cŵn yn y parti.

6: Ddim yn hir rŵan

WNES I DDIM anghofio gwahodd Niwlan.

'Io, diwd!' meddai hi. 'Parti? Ardderchog! Roc-a-rôl!'

Yna cofiais am Mwff a Paffiwr. 'Pam trafferthu i alw'r peth yn barti?' gofynnon nhw i mi. 'Tydan ni'n partïo drwy'r amser? Aros allan drwy'r nos yn gwneud twrw.'

'Dwyt ti ddim yn cael dod,' atgoffais Pwj, y daeargi. 'Dim cŵn yn y parti hwn.'

'O, bw-wff-wff-hw!' meddai'n goeglyd.

'Fydd yna gêmau parti?' holodd Fflwffen.

'Mond y rhai arferol,' atebais. 'Cuddio yn y Bêls Gwair, Crafu'r Sachau, Hela

Llygod . . . O, ac mae'n siŵr y byddwn ni'n rasio ar hyd y trawstiau.'

Dyna'r sgwrs wrth i ni grwydro draw at y sgubor. I fyny yn y llofft wair, roedd Jiorji'n anwybyddu cwynion y pryfed cop wrth iddo gasglu eu gwe nhw a'i hongian mewn ffordd ddel ar y trawstiau. 'Mynd am ddelwedd naturiol, ddi-lol rydw i y tymor hwn,' eglurodd wrthon ni. 'Gwerinol. Diffwdan. A dwi'n ffafrio lliwiau'r ddaear.'

‘Brown, rwyt ti’n ei feddwl?’ gofynnodd Fflwffen.

Edrychodd Jiorji’n gas arni. ‘Ty’d rŵan,’ dwrdiodd. ‘Sbia o dy gwmpas. Mae gynnon ni enfys o steil yma. Lliw caci a chastan, blawd ceirch, tost, madarch a rhwd, bisged, bran a dail baco, coffi a . . .’

Gadawon ni i Jiorji'n rhestru ei hoff fathau gwahanol o frown mwdlyd a mynd draw i gael sbec ar y bwyd.

Dyna lle roedd Eira'n sefyll yn falch o flaen belen o wair â danteithion blasus drosti i gyd. 'Mae'r rhan fwya wedi dod o'r siop Punt-y-Pen,' eglurodd. 'Roedden nhw'n cael gwared ar lwyth o stwff heddiw. A llwyddais i roi fy mhawen ar rywfaint o'r *paté* gwych yma, sydd ond un diwrnod ar ôl y dyddiad gwerthu.'

Craffais i mewn i un o'r potiau. 'Brensiach y blewiach! Ai hufen dwbwl ydi hwn?'

'Hei, 'sdim byd yn ormod o drafferth i seren y parti!'

Sbeciais i lawr dros ymyl y llofft. Oddi tanon ni, roedd y ceffylau'n symud o un goes i'r llall.

'Dechrau cynhyrfu, ffrindiau? gofynnais iddyn nhw. 'Wel, fydd hi ddim yn hir rŵan!'

7: Dychryn y ceffylau

ROEDD O'N barti gwych! Roc-a-rôl, chwedl Niwlan.

Mi chwaraeon ni Bwmerangs i gychwyn.

Yna buon ni'n cynnal rasys ar hyd y trawstiau. Dewisais i Marmalêd, cyfnither Teigr, yn bartner i mi ar gyfer y ras ddwbwl gan ei bod hi'n edrych fel tasa hi'n gallu cornelu'n dda. Ro'n i'n iawn, hefyd. Enillon ni ein ras ni, dim problem, a chael llai fyth o broblem gyda'r brif ras.

Yna am y bwyd. Bobol, dyna i chi flasus! Yn well nag unrhyw beth oedd ganddyn nhw yn y parti Calan Gaeaf. A phan oeddan ni i gyd yn teimlo'n llawn

dop, wedi stwffio'n lân, dyma fynd ati i chwarae Dychryn y Ceffylau. Braidd yn greulon, efallai, o gofio eu bod nhw fel arfer yn clwydo'n gynnar. Ond yn hwyl 'run fath. Mond disgwyl nes bod yr hen greaduriaid yn dechrau pendwmpian yn eu stalau, ac yna neidio o'r llofft wair a glanio'n glewt ar eu penolau mawr, tew.

Ond dim ewinedd. Fasa hynny ddim yn deg.

Maen nhw'n deffro'n sydyn, wedi'u dychryn, ac yn gweryru.

Hiiiiiiiyyyyyyy-aaaaa! Hiiiiiiiyyyyyyy-aaaaa!

Pum pwynt am un gweryriad. Deg am un dwbwl. Dau bwynt ychwanegol os ydyn nhw'n clecian eu carnau. Ac mae marc bonws o ddeg pwynt os ydi'r pedwar carn yn codi oddi ar y ddaear ar yr un pryd.

Gêm wych!

Yn anffodus, mi chwaraeon ni'r gêm yma'n rhy hir, a deffro gwraig y fferm. Roedd hi'n bell o fod wrth ei bodd pan frasgamodd yn flin drwy ddrws y sgubor yn ei welingtons a'i phyjamas.

Cuddio wnaethon ni wrth iddi fynd o un stâl i'r llall yn cysuro'r ceffylau a rhoi o-bach iddyn nhw. 'Hei hogia, be ydi'r matar? Wyt ti'n iawn, Doli? Be ydi'r holl sŵn yma sy gynnoch chi?'

Taflodd olwg i fyny i'r llofft wair. Ro'n i'n ofni y basai'n dringo'r ysgol a gweld y llanast roedden ni wedi'i adael ar ein bwrdd belen wair. Ond roedden ni'n lwcus. Mond sefyll yno'n gwrando wnaeth hi.

Ddim yn ddigon astud, yn fy marn i. Tasa hi wedi gwrando go iawn, mi fasa hi wedi clywed sŵn y pawennau bach ysgafn rheini'n agosáu at y sgubor.

Basa hi wedi troi, ac wedi gweld yr hyn welson ni.

Sef Bystyr a dau ddaeargi bach digon cas yn sleifio drwy'r drws.

Ac erbyn i wraig y fferm droi a mynd allan o'r sgubor, roedden nhw o'r golwg y tu ôl i'r ferfa – a ninnau o'r golwg yn y llofft.

8: Dyma fo'r Clwb Hyll

RYDACH CHI AM fy nghasáu i am ddweud hyn, ond mae'n rhaid i mi ei ddweud o.

Gobeithio y cewch chi eich cadw dan do gan eich rhieni ar noson Calan Gaeaf!

Ac *os* gwnewch chi lwyddo i swnian arnyn nhw cymaint nes eu bod nhw'n eich gadael i chi fynd o'r tŷ i ddangos eich mwgwd brawychus i'ch cymdogion, gobeithio'u bod nhw wedi'ch dysgu sut mae cau giatiau ar eich holau. Mae'n rhaid bod plant ein tre ni wedi gadael i bob un ci yn y fro ddianc pan oedden nhw wrthi'n curo ar ddrysau pobol. Erbyn i ni'r cathod fedru sleifio o'r sgubor er mwyn ffoi rhag Bystyr a'r daeargwn,

roedd y lle'n berwi o gŵn o bob lliw a llun, a phob un yn ymuno yn yr hambygio ac yn cyfarth fel wn i ddim be.

'Hei, bwsis bach, peidiwch â thrafferthu trio dianc! Rydan ni am eich llyncu chi'n fyw a'ch poeri chi allan yn beli ffwr!'

'Brysia, Mot! Ar eu holau nhw!'

'Grrrrr!'

'Pero! Blaiddyn! Peidiwch â gadael i'r taclau slei ddiflannu dros y wal acw!'

Wir i chi, taswn i'n gwybod y byddai'n rhaid i mi ei ffaglu hi bob cam yn ôl i'r dre, a hynny ar garlam, faswn i byth wedi bwyta'r cyfan o'r potyn *paté* mawr hwnnw.

Na'r tri phen pysgodyn olaf.

Na'r deisen hufen honno.

Mi gymeron ni'r llwybrau llygad, sef neidio dros gloddiau: roedd y malwod pedair coes eraill yn anobeithiol am neidio. Adre â ni, gyda'r rhan fwyaf o'm ffrindiau yn canu'n iach wrth i mi wibio heibio i'w tai nhw.

'Nos dawch, Twff. Diolch am noson wych!'

'Parti cŵl, Twff! Welwn ni di o gwmpas!'

'Ymlaen at yr un nesa rŵan!'

'Mond Bela, Teigr a fi oedd ar ôl erbyn i ni droi i'n stryd ni.

Taflodd Bela olwg dros ei hysgwydd rhag ofn bod y cŵn yn ein dilyn. 'Dwi'n meddwl ein bod ni wedi colli'r sbrychod blewog, budron.'

'Maen nhw'n bell y tu ôl i ni,' cytunodd Teigr. Arhoson ni y tu allan i fy nhŷ a sefyll

yn gegrwth. Roedd y lle dan ei sang gyda phobol y parti. Roedden nhw i'w gweld yn glir drwy'r ffenestri, yn chwerthin ac yn siarad ac yn dal eu gwydrau'n uchel.

Arhoson ni yno'n eu gwylio am ychydig, yna gofynnais i'r ddau arall, 'Be amdani, ffrindiau? Mae'n rhaid bod yna *rywun* yma sy'n ofni cathod. Cyfle iawn am hwyl. Ydan ni am sleifio i'r parti?'

Ond doedd Teigr a Bela ddim erbyn hyn yn edrych ar y bobol y tu mewn. Roedden nhw'n rhythu ar y cylch mawr

disglair ar wal y tŷ, wedi'i greu gan y llifolau newydd sbon oedd yn yr ardd.

'Cŵŵŵŵŵl!' ebychodd Bela.

'Cŵl ydi'r gair,' cytunodd Teigr.

Edrychais ar y cylch mawr o oleuni.

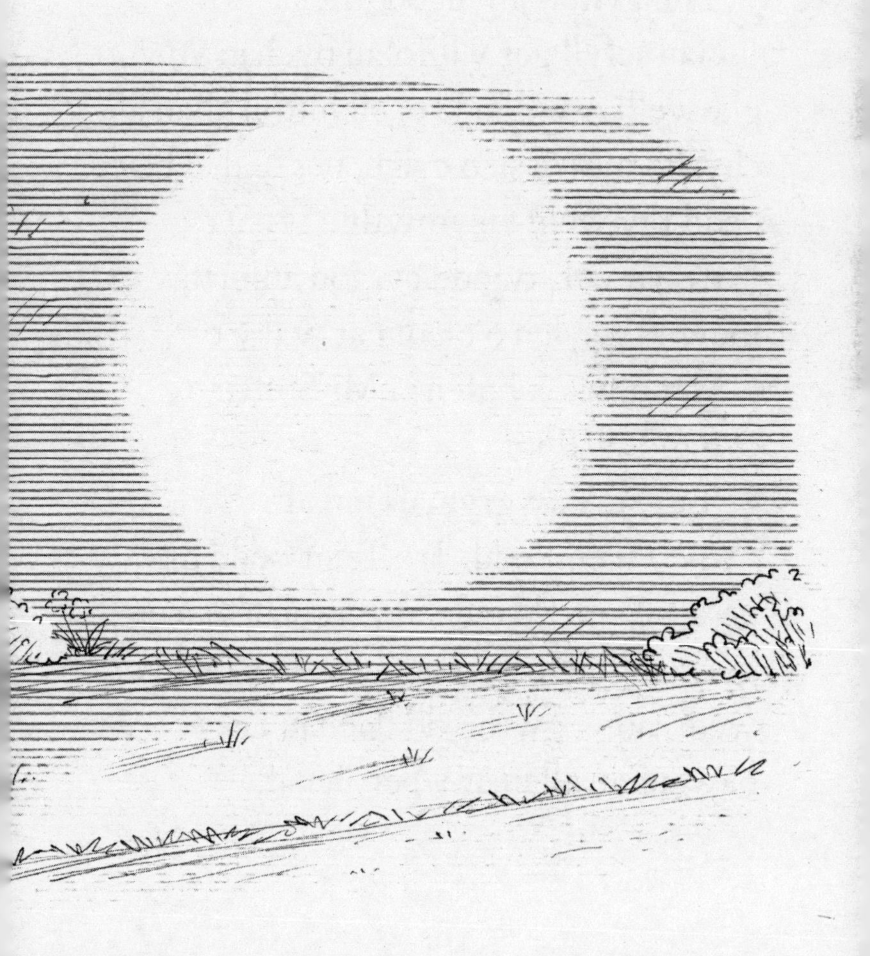

Roeddwn i, hyd yn oed, wedi fy mhlesio. 'Un da ydi o, yntê?'

'Hei!' meddai Teigr. 'Fedran ni ddim gwastraffu'r cyfle hwn. Beth am chwarae gêm Be Ydi'r Cysgod?'

'Fi'n gynta!' mynnodd Bela.

Gan sefyll ger y llifolau bychan yn y glaswellt, gwthiodd ei chynffon allan a'i chyrlio mewn siâp cylch, nes ond ei blaen oedd i'w weld yn ymwthio i fyny.

Ac yn wir, tyfodd cysgod anferth y tu mewn i'r cylch o oleuni ar wal y tŷ.

'Ymmm . . . hufen iâ Mr Sofft i?' cynigiodd Teigr.

'Baw ci!' awgrymais innau.

Ac y fi enillodd. Tro Teigr oedd hi nesaf. Camodd o flaen y llifolau gan ei gyrlio'i hun mewn siâp wy. Pan oedd o wedi sadio, gwthiodd flaenau ei bawennau allan ar y pen uchaf.

Syllodd Bela a minnau ar y silŵet ar y wal.

'Sachaid o lo?' awgrymodd Bela.

'Dwy falwen yn cael ras ar dop sach sbwriel,' oedd fy nghynnig i.

Dwi'n siŵr y basen ni wedi gallu sefyll yno yn crafu ein pennau blewog drwy'r nos. (Gwdihŵ oedd yr ateb.) Ond yna sylweddolon ni fod yna sŵn cyfarth ac udo uchel yn dod yn nes ac yn nes am gornel y stryd.

‘O, na!’ meddai Teigr, gan droi ’nôl o gwdihŵ i gath. ‘Mae’r gêm ar ben. Dyma’r Clwb Hyll yn dod.’

‘Na, na,’ ceisiais ei sicrhau. ‘Does yna’r un o’r bagiau chwain yna’n ddigon heini i neidio dros ein ffens ni. Rydan ni’n hollol saff yma.’

Anghofiwch am chwarae Be Ydi'r Cysgod. Yn lle hynny, dyfalwch pwy oedd yn *Hollol Anghywir*.

Ia. Dyna chi. Y fi.

Oherwydd cododd yr Alsatian honno – sy'n meddwl ei bod yn rêl seren Olympaidd am ei bod wedi ennill ambell gwpan aur mewn sioeau Cŵn Ystwyth – ar ei choesau ôl a sodro'i phawen ar gliciad y giât.

Ac yn sydyn, roedd holl gŵn y dref yn ein gardd ni.

Oedd, roedd aelodau'r Clwb Hyll wedi cyrraedd.

9: Bwystfil Brawychus

OCÊ, OCÊ: felly bwydwch fi â phryfed genwair drwy'r wythnos. Aeth y cŵn i mewn i'r tŷ.

Ai arna *i* oedd y bai am hynny? Sut o'n *i* i fod i wybod – pan neidiais i'r awyr fel'na, gyda f'ewinedd miniog yn barod amdani a'm blew yn bigau i gyd – fod yna gysgod anferth wedi ymddangos ar y wal?

Feddyliais i erioed y baswn i'n gallu edrych mor ffyrnig â hynny.

Ac *anferth.*

A *brawychus.*

Wyddwn i ddim bod fy nghysgod am godi cymaint o ofn ar yr hen liprod o gŵn rheini i gyd.

Nid arna i mae'r bai, chwaith, eu bod nhw wedi rhedeg o gwmpas mewn cylchoedd, yn udo ac yn gwneud sŵn crio. Efallai fod Bela a Teigr wedi pwyso'n erbyn y giât, ond *damwain* oedd hynny. Doedden nhw ddim i wybod bod y giât am gau a chaethiwo'r holl gŵn yn yr ardd. (Pob un ond Miss Ystwyth, wrth gwrs, a ddiflannodd dros y ffens ac adre at ei chasgliad o gwpanau aur gwirion.) Pan welodd y gweddill eu bod nhw'n gaeth, i lawr â nhw ar eu boliau a symud fel

malwod drwy'r ardd – criw o fabis swci, i gyd yn crefu am gael dianc oddi wrth y Bwystfil Brawychus hwnnw a oedd mor ffyrnig ac anferth ac a oedd yn amlwg am ddod i'w llarpio nhw.

Ocê, rhowch chwip din i mi. Sut o'n *i* i fod i wybod bod un o'r Labradors tewion rheini am fagio 'nôl mor galed yn erbyn y drws ffrynt nes iddo agor yn sydyn?

I mewn â'r cŵn i gyd ar wib i'r tŷ, i geisio ffoi oddi wrth yr anghenfil.

Yr haid gyfan.

Yn syth i ganol y parti.

Roedd yna gryn dipyn o weiddi blin, mwy o sgrechian ac ambell ergyd wrth i ddodrefn droi drosodd. Fe glywson ni synau llawer o wydrau'n torri, ac yna dechreuodd pobol y parti sgrialu o'r tŷ ac i'r ardd, er mwyn dianc oddi wrth y cŵn gwallgof.

Edrychais ar Teigr a Bela. Edrychodd Teigr a Bela arna i.

Yna edrychais i fyny ar y cysgod. Ro'n i wedi troi'n bwsi anferth.

'Be ydach chi'n feddwl?' gofynnais i'r lleill. 'Ddylwn i wneud sioe go iawn ohoni, diwds?'

'Pam lai?' gwaeddodd Teigr. 'Roc-a-rôl, fel 'sa Niwlan yn ei ddweud.'

'Yn hollol,' meddai Bela. 'Dos amdani, Twff. *Bravo! Encore!*'

Felly mi es i amdani.

10: Y sioe orau un

DWI DDIM YN meddwl bod unrhyw griw o bobol, yn holl hanes y byd, wedi cael eu dychryn mor hawdd.

Wrth gwrs, roedd hi'n Galan Gaeaf – roedd hynny'n fan cychwyn da. Beth oedd tad Elin wedi'i alw fo? 'Y noson pan fydd pob dim hyll, afiach, drwg a pheryglus yn stelcian drwy'r fro. Diwrnod addas iawn ar gyfer pen-blwydd Twffyn.'

Wel, roedd yn ddiwrnod addas iawn, felly, ar gyfer perfformiad gorau Twffyn.

Ond roedd yn fin nos erbyn hyn, wrth gwrs. Yn dywyll, gyda nemor ddim lleuad. Plygai'r coed yn y gwynt, ac roedd sŵn yr holl gŵn rheini'n udo am y gorau yn ychwanegu at yr awyrgylch.

Felly safais o flaen y llifolau bychan yn yr ardd, a mynd amdani. Crafais yr awyr. Crymais fy nghefn. Poerais. Gwingais. Plygais fy mhen i'r ochr a thynnu'r stumiau mwyaf ofnadwy. Safais ar fy nghoesau ôl a chrafu'r awyr eto. Troais mewn cylch. Dangosais fy nannedd.

Brensiach y brain, hon oedd y sioe orau un. Ymunodd Teigr a Bela drwy greu'r nadau mwyaf iasoer a fyddai wedi troi fy ffwr yn bigau tasa fo ddim yn bigau gen i'n barod.

Llifai pobol a chŵn drwy ddrws y tŷ. Roedden nhw i gyd yn ymladd fel llygod mawr mewn sach. Hon oedd y foment *berffaith*. I lawr â'r crafangau nes bod y cysgod yn debyg i felosiraptor yn ymosod ar ryw greadur diniwed.

Sgrinsh!

Sgrwnsh!

Sgransh!

Sgronsh!

Sgrechiai gwesteion y parti. Roedd pawb – pobol a chŵn – yn ei ffaglu hi nerth eu coesau mewn cawod o wreichion, gan weiddi fel ffyliaid. Bu llawer o grio a rholio llygaid. Llawer mwy o glepian y giât. A mwy fyth o sgrechian ofnus. Roedden nhw i'w clywed wrth redeg i lawr y stryd.

Cyn mynd yn ddistawach.

Ac yn ddistawach.

Ac yn ddistawach.

Ac yn y diwedd, yn hollol ddistaw.

Daeth Elin a'i thad drwy'r drws gan gamu dros domen o selsig ar briciau – rhai wedi'u gwasgu'n fflat. Neidiais i'r ochr, ond fymryn yn rhy hwyr. Roedden nhw

wedi fy ngweld i'n gwneud fy sgronsh felosiraptoraidd olaf cyn moesymgrymu.

Doedd Mr Dim-Synnwyr-Digrifwch ddim yn hapus o gwbwl.

'Ti!'

Dydi Teigr a Bela ddim yn orhoff o'r dyn yma pan fydd o wedi gwylltio. Adre â nhw ar garlam.

Mond fi oedd ar ôl, yn llygadu'r Meistr.

Nefi, roedd o wedi gwylltio'n gandryll. Edrychai fel tasa fo am ymosod arna i efo bwyell. Fel tasa fo'n hoffi fy nghlymu'n glymau i gyd, cyn fy chwyrlïo'n wyllt mewn cylchoedd rownd ei ben.

'O'r bwystfil bach ffiaidd, milain! Rwyt ti wedi *difetha'n* parti ni! Wedi'i *ddifetha* fo'n llwyr!'

Ro'n i ar fin sbio arno fo'n ddifater, troi ar fy mhawennau a cherdded i ffwrdd – wedi'r cwbwl, ro'n i wedi cael fy swper a doedd gen i ddim i'w golli – pan drodd Elin arno fo.

'Peidiwch chi â beio Twffyn! Chwarae teg – yr unig beth wnaeth o oedd trio dychryn yr hen gŵn ofnadwy yna ddaeth i ddwyn y bwyd!'

Cododd Elin fi i'w breichiau a chladdu'i hwyneb yn fy ffwr. 'Twffyn bach annwyl, hyfryd, caredig a chlyfar! Mi welodd o'r llanast roedd y cŵn yn ei wneud yn y tŷ, ac yna cofiodd am yr ysbrydion yn fy nghwpwrdd dillad i.'

'Does 'na *ddim* ysbrydion yn dy gwpwrdd di!' rhuodd tad Elin. 'Does 'na

ddim ysbrydion yn unman – dydyn nhw ddim yn bodoli!'

'Os ydi *Twffyn* yn meddwl bod 'na rai, yna mae 'na rai!' mynnodd Elin. (Mi ddyweda i hyn am y gloman fach ddwl – mae hi *yn* ffyddlon.) 'Ac os ydi o'n meddwl bod 'na ddim, yna does 'na ddim.'

O, gwych! Gobeithio i'r nefoedd y bydd ei thad yn cofio hyn. Ond, a bod yn onest, doedd o ddim i'w weld mewn hwyliau i drio cofio unrhyw beth wrth iddo dacluso'r tŷ ar ôl y parti. Bu wrthi drwy'r nos. Cyn hynny, wrth gwrs, aeth Elin a minnau i'r gwely. Ond cawson ni'n deffro droeon gan synau tincian gwydr a mwmian a rhegi a churo wrth i'w thad sgubo'r holl wydrau a gafodd eu torri a gosod pob un dodrefnyn yn ôl yn ei le.

Ond a dweud y gwir, tydi tad Elin erioed wedi hidio ryw lawer am bobol eraill. Hunanol a difeddwl – un fel'na ydi o.

O leiaf rŵan, diolch i Elin, mae gen i ffordd dda o ddial arno fo bob tro mae o'n gas wrtha i. Beth ddwedodd hi, hefyd? 'Os ydi Twffyn yn meddwl bod 'na ysbryd yn y cwpwrdd, yna mae 'na un.' Felly, os bydda i'n teimlo fel gadael i'w thad gael noson dda o gwsg, mi setla i ar wely Elin, dylyfu gên a chau fy llygaid. A hithau'r un peth. Ymhen rhyw funud neu ddau, bydd hi'n cysgu'n sownd.

Ond os bydda i'n teimlo fel talu'r pwyth yn ôl iddo fo am rywbeth cas (fel cynnal parti i ddathlu Calan Gaeaf yn hytrach na pharti pen-blwydd i mi), bydd ond angen i mi rythu ar y cwpwrdd mewn ffordd ofnus a bydd Elin yn rhuthro i gysgu efo'i mam.

A bydd yntau'n cael ei anfon ar draws y landin oer i fwynhau noson annifyr yn y Gwely Lympiog.

A byddaf innau'n teimlo'n grêt.

Yn yr un gyfres . . .

www.rily.co.uk